LA
DUCHESSE DE GUISE,

OU

INTÉRIEUR D'UNE FAMILLE ILLUSTRE

DANS LE TEMPS DE LA LIGUE,

DRAME EN TROIS ACTES.

PAR MADAME DE SOUZA,

AUTEUR D'ADÈLE DE SÉNANGES.

> Les grandes calamités publiques sont par-dessus
> le marché ; toutes les autres peines de la vie
> n'en vont pas moins leur train ordinaire.

PARIS.

LIBRAIRIE DE CHARLES GOSSELIN,

RUE SAINT-GERMAIN DES PRÉS, Nº 9.

M DCCC XXXII.

DE L'IMPRIMERIE DE CRAPELET, RUE DE VAUGIRARD, Nº 9.

LA

DUCHESSE DE GUISE,

DRAME EN TROIS ACTES.

DE L'IMPRIMERIE DE CRAPELET,

RUE DE VAUGIRARD, N° 9.

LA
DUCHESSE DE GUISE,

OU

INTÉRIEUR D'UNE FAMILLE ILLUSTRE

DANS LE TEMPS DE LA LIGUE,

DRAME EN TROIS ACTES.

PAR MADAME DE SOUZA.

Les grandes calamités publiques sont par-dessus
le marché; toutes les autres peines de la vie
n'en vont pas moins leur train ordinaire.

PARIS.

LIBRAIRIE DE CHARLES GOSSELIN,
RUE SAINT-GERMAIN DES PRÉS, N° 9.
M DCCC XXXII.

On trouvera peut-être que LA DUCHESSE DE GUISE est plutôt un récit dialogué qu'un drame ; cependant, j'ai pensé que de jeunes femmes pourraient avoir l'idée de jouer cette pièce à la campagne, et je me suis permis d'indiquer mes intentions sur chaque rôle ; mais comme on les a imprimées en caractère différent, il sera très facile de les passer.

LA
DUCHESSE DE GUISE,

DRAME EN TROIS ACTES.

PERSONNAGES.

Le Duc de GUISE.

Le Duc de MAYENNE.

SAINT-MÉGRIN.

BASSOMPIÈRE.

La Duchesse de GUISE.

La Duchesse de MONTPENSIER.

Madame de SAINTE-ÈVES, plus amie que confidente de la Duchesse de GUISE.

PAGES.

Groupes de Ligueurs.

PREMIER
DEUXIÈME } LIGUEURS.
TROISIÈME

La scène se passe dans le salon de l'hôtel de Guise.

LA
DUCHESSE DE GUISE.

~~~~~~

ACTE PREMIER.

SCÈNE PREMIÈRE.

LA DUCHESSE DE GUISE,
Mme DE SAINTE-ÈVES.

[La Duchesse, triste, pensive, est assise près d'une
table dans le salon. Mme de Sainte-Èves, appuyée sur
le dos de son fauteuil, la regarde avec intérêt.]

Mme DE SAINTE-ÈVES.

Monseigneur ne revient point ! cependant
il avait promis de rentrer de bonne heure.

LA DUCHESSE DE GUISE, soupirant.

Les promesses qu'on fait à sa femme n'en-
gagent pas.

Mᵐᵉ DE SAINTE-ÈVES.

Il aura été retenu par quelques uns de ses
ligueurs que je déteste.

LA DUCHESSE.

Hélas ! les plaisirs l'entraînent également....
ma chère! Les grandes calamités publiques
sont par-dessus le marché; toutes les autres
peines de la vie n'en vont pas moins leur train
ordinaire. [Elle se lève.] Que je hais les entours
du duc de Guise ! d'abord sa sœur, qui, même
lorsqu'elle nous trouve seuls, l'éloigne de moi
et lui parle tout bas.... Sans doute elle craint
que je ne connaisse ses projets, mais je les
devine.

Mᵐᵉ DE SAINTE-ÈVES.

J'avoue, madame, que je crains moins la
duchesse de Montpensier que son frère.

LA DUCHESSE.

Le duc de Mayenne?

Mme DE SAINTE-ÈVES.

Vous ne remarquez pas comme ses grands
yeux vous suivent sans cesse? ils me font
peur! Aussi, je suis bien convaincue qu'il
vous aime.

LA DUCHESSE.

Mon beau-frère! Faites donc attention à ce
que vous dites.

Mme DE SAINTE-ÈVES.

C'est malgré lui.

LA DUCHESSE.

Vous êtes insensée, mon enfant! d'ailleurs,
est-ce par amour qu'il s'applique toujours à
me déplaire?

Mme DE SAINTE-ÈVES.

Oui, madame; l'amour qu'on ne peut vain-

cre, qu'on veut cacher, est une passion terrible. Il se la reproche; et quand il vous a
bien persécutée, il espère vous haïr; mais
qu'un homme ose vous adresser une parole,
il retrouve cette malheureuse passion qui vi-
vra et mourra avec lui.

LA DUCHESSE.

Quelle extravagance !

Mme DE SAINTE-ÈVES.

Enfin, madame, pourquoi suit-il tous vos
pas?... Vous arrivez?... il paraît !... Pourquoi
prend-il en aversion tous ceux que vous sem-
blez distinguer? jusqu'à moi, qu'il honore de
sa colère.... Si ce n'est pas là de l'amour, je
ne m'y connais pas.

LA DUCHESSE.

Laissons ces folies. Sûrement, j'ai à me
plaindre du duc de Mayenne, mais bien plus
de ses continuelles picoteries que de sa préten-
due affection. Néanmoins, je lui rends justice;

dans toute autre maison, il serait un homme
fort remarquable; parmi nous, on ne songe
à lui que lorsque le duc de Guise l'appelle
son frère.

Mᵐᵉ DE SAINT-ÈVES.

Ne me croyez pas, si cela vous convient;
pourtant, madame, ne vous aveuglez ni sur
ses sentimens, ni sur son ambition.

LA DUCHESSE.

Ah! je prétends déjouer toutes ces ambi-
tions qui finiraient par compromettre le repos
et peut-être la vie de mon époux. Je veux que
le duc de Guise se réunisse au Roi, qu'il
devienne son soutien, son sauveur. Avant
d'aller en Pologne, ce prince le préférait
à tout le monde. Hé bien! cette amitié de
leur jeunesse peut renaître : j'en aurai la
gloire.

Mᵐᵉ DE SAINTE-ÈVES.

Assurément, je le souhaite de toute mon

âme ; mais ils ne paraissent guère disposés à
se rapprocher ni à s'entendre.

LA DUCHESSE.

Je le sais. Ma chère belle-sœur, madame
de Montpensier, ne cesse d'irriter le duc de
Guise ; elle ne pardonne pas au Roi quelques
plaisanteries un peu hasardées. Voilà vraiment
un beau motif pour bouleverser un empire !

Mme DE SAINTE-ÈVES.

Permettez à mon ancien attachement pour
vous, madame, d'observer que vous attribuez à
la duchesse de Montpensier tout ce qui vous af-
flige. Cependant, elle est bien moins à craindre
que le duc de Mayenne. Ignorez-vous que, dans
les rêveries de son orgueil, il a quelquefois osé
porter ses regards jusque sur la couronne ?

LA DUCHESSE.

Par qui, grand Dieu ! lui serait-elle accor-
dée ? Ah ! s'il perdait son frère, l'ombre du
duc de Guise serait la seule force qui soutien-
drait le duc de Mayenne.

SCÈNE II.

LES PRÉCÉDENS, UN PAGE, puis SAINT-MÉGRIN.

[Mme de Sainte-Èves va au-devant du Page, qui lui
parle bas ; elle revient tout agitée vers la Duchesse.]

Mme DE SAINTE-ÈVES.

Monsieur de Saint-Mégrin.

LA DUCHESSE.

Faites entrer. [A part.] C'est lui, lui seul
qui m'aidera à sauver mon époux.

[Mme de Sainte-Èves sort.]

SAINT-MÉGRIN.

Que je suis fier, madame, d'avoir été choisi
par vous comme celui sur qui vous deviez le

plus compter ; votre cœur ne vous trompe
pas.... Oh! qu'il me soit permis de l'avouer :
la noble ambition de rendre la paix à la France
me flatte à peine ; c'est à vous que je me plais
à obéir.

LA DUCHESSE , à part.

Excellent jeune homme !

SAINT-MÉGRIN.

Toujours présente à mes yeux, je vous vois,
madame, doucement active, avançant vers
votre but avec cette réserve timide qui sied si
bien à une femme ! tandis que sous les dehors
de l'insouciance, du plaisir, je m'occupe sans
cesse de ce qui vous touche. Moi, uni d'intérêt à la duchesse de Guise !.... quand j'y
pense, il m'en prend des mouvemens d'orgueil et de joie si vifs, qu'il me semble que
tout le monde va les lire sur mon visage.

LA DUCHESSE.

Il n'est pas encore temps de nous féliciter.

SAINT-MÉGRIN.

Que le duc vous autorise à traiter pour lui,
et je réponds que le Roi acquiescera à tous
ses désirs..... Il est d'ailleurs si fatigué des
troubles civils.

LA DUCHESSE.

Je ne dois rien vous cacher.... Ayant essayé
de faire sentir à mon époux la gloire qu'il y
aurait à rendre au Roi sa puissance; l'amour
de ses peuples, il m'a regardée d'un air surpris.... est resté pensif.... puis m'a répondu :
« Vous êtes bien jeune encore, puisque vous
« croyez que de si grands bienfaits me ren-
« draient son affection. Sachez que le service
« qui passe la mesure des récompenses blesse
« les Rois. » Après, il m'a quittée, souriant
avec dédain.

SAINT-MÉGRIN.

Je reconnais cette défiance qu'ils ressentent
également l'un et l'autre : la détruire sera

notre tâche la plus difficile..... Cependant,
madame, ne nous décourageons point; croyez
que je n'agis, ne parle, que pour ramener le
Roi vers le duc de Guise. Je me dis : Elle sera
satisfaite ! et je me sens heureux.

Mᵐᵉ DE SAINTE-ÈVES, rentrant.

La duchesse de Montpensier, le duc de
Mayenne.

LA DUCHESSE.

Quel contre-temps !

SCÈNE III.

LA DUCHESSE DE GUISE, LA DU-CHESSE DE MONTPENSIER, LE DUC DE MAYENNE, SAINT-MÉ-GRIN, M⁰ DE SAINTE-ÈVES.

LA DUCHESSE DE MONTPENSIER, à part, au duc de Mayenne.

N'est-il pas curieux de le trouver toujours chez elle ?

LA DUCHESSE DE GUISE.

Mon époux n'est pas encore rentré.

LE DUC DE MAYENNE.

Nous le savions ; c'est avec vous que nous désirons nous entretenir.

SAINT-MÉGRIN, à la duchesse de Guise.

Je me retire, madame ; j'étais venu seule-

ment pour vous dire que le Roi vous invite ce
soir à son jeu.

LA DUCHESSE DE MONTPENSIER, d'un air dédaigneux.

Mais, vraiment, ma sœur; vous me paraissez fort en faveur !

SAINT-MÉGRIN, à Mme de Montpensier.

La maison de Lorraine doit être la première
près du Roi. Le Béarnais étant d'une religion
contraire à la sienne, le Roi n'a d'appui véritable que le duc de Guise; toutes les faveurs
doivent être pour lui, et dépendre de lui.

LA DUCHESSE DE MONTPENSIER, à part.

J'aime mieux offenser que remercier.

LE DUC DE MAYENNE, avec ironie.

Dès que monsieur de Saint-Mégrin nous
donne cette assurance, on ne peut plus en
douter.

SAINT-MÉGRIN, faisant allusion à l'amour de Mayenne
qu'il a pénétré.

Je crois que le même sentiment nous anime,

monsieur le duc..... Je ne serai pas le dernier
à donner les preuves les plus éclatantes de
celui que j'éprouve.

LE DUC DE MAYENNE, furieux.

On peut aussi s'en fier à moi.

SAINT-MÉGRIN salue la duchesse de Guise, et lui dit
tout bas :

Que je vous plains, madame!

[Il sort, Mme de Sainte-Èvres le suit.]

SCÈNE IV.

LA DUCHESSE DE GUISE, LA DU-CHESSE DE MONTPENSIER, LE DUC DE MAYENNE.

LA DUCHESSE DE MONTPENSIER.

Nous venions, ma sœur, vous parler d'une liaison que vous avez sûrement formée sans y attacher d'importance; mais dans la situation de mon frère, elle nous inquiète..... Depuis quelque temps, vous voyez souvent ce jeune Saint-Mégrin.

LA DUCHESSE DE GUISE.

Il a des sentimens élevés, délicats, et il voudrait que le duc de Guise lui permit de l'aimer autant qu'il l'admire.

LE DUC DE MAYENNE.

Ce beau mignon paraît vous admirer beaucoup aussi.

LA DUCHESSE DE GUISE.

Et sans doute, vous aimez qu'on m'admire?
Quant à moi, un hommage peut ne pas me
flatter, mais ne saurait me déplaire.

LE DUC DE MAYENNE, furieux.

J'en suis convaincu.... Les femmes ont beau
dire..... Un cœur jeune, passionné, qui se
donne à elles les intéresse vivement..... on
s'en souvient toujours!

LA DUCHESSE DE GUISE, avec dignité.

Oui, on s'en souvient; surtout lorsque l'on
n'a soi-même rien qu'on désire oublier.....
D'ailleurs, le duc de Guise, sûr de mon attachement, a seul le droit de nommer ceux que
je dois recevoir.

LA DUCHESSE DE MONTPENSIER.

Ma sœur, ma chère sœur, vous êtes fort prudente, mais ce damoiseau est très adroit; songez que le moindre mot échappé, même à l'indifférence, peut mettre sur la voie des secrets les plus graves.

LA DUCHESSE DE GUISE.

Ma sœur, ma chère sœur, calmez vos inquiétudes.... J'ignore ces secrets si graves, vous le savez; mais ce que vous ignorez, vous, ma sœur, c'est que je ne voudrais pas les apprendre..... Je crois que la duchesse de Nemours, votre mère, est, comme moi, toujours tremblante pour le duc de Guise, regrettant comme moi le temps heureux où il n'était occupé que de sa gloire et de ses plaisirs.

LE DUC DE MAYENNE.

Nous reverrons des jours de gloire, je l'espère; en attendant, songez-y bien, madame; nulle pitié pour celui qui exciterait en moi,

des soupçons.... ma haine ne connaîtrait pas
de bornes, je vous en avertis. [Elle tressaille.]
Vous frémissez! Oh! vous ne savez pas jusqu'où la haine peut se porter. Si je croyais
l'honneur de ma maison compromis, fussé-je
persuadé que ce soit à tort, je n'aspirerais
qu'à la vengeance! y penser sans cesse, y tra-
vailler sans relâche, voilà ce qu'est la haine.

LA DUCHESSE DE GUISE.

Quel horrible sentiment, mon frère!

LE DUC DE MAYENNE.

Que Saint-Mégrin ne m'offre pas l'occasion
de le lui faire connaître....., Ses joyeux amis
ont été assez imprudens pour le plaisanter sur
une passion secrète qui le tourmente; il s'est
défendu.... comme on avoue. Personne, il est
vrai, n'a osé prononcer votre nom avec le
sien..... Mais on le dit amoureux, et il vient
ici!.... Ah! qu'un seul jour il s'expose à ma
colère; il apprendra que je ne pardonne jamais.

LA DUCHESSE DE GUISE.

Je vous ressemble peu ; car, me confiant à l'innocence de mon cœur, j'excuserai toujours..... et même en ce moment....

LA DUCHESSE DE MONTPENSIER , s'empressant de l'interrompre.

Mais, mon frère, pourquoi toutes ces menaces? Est-ce donc un si grand sacrifice que ce beau favori? Et vous, ma sœur, ne sentez-vous pas que sa présence continuelle au Louvre le rend nécessairement l'ennemi le plus dangereux de notre maison.

LA DUCHESSE DE GUISE.

Je suis, comme vous l'avez souvent dit à votre frère, mon époux, je suis une femme simple, occupée d'objets frivoles; suivez tous deux votre ligne, je ne m'écarterai pas de la mienne [elle lui montre le plus grand dédain], nous ne nous rencontrerons pas.

SCÈNE V.

Les Précédens, LE DUC DE GUISE.

LE DUC DE GUISE.

[Il s'adresse à la duchesse sans regarder ni son frère ni
sa sœur.]

Je me rends un peu tard à vos ordres,
madame ; je mériterais d'être mal reçu ;
mais votre douce bonté me rassure : elle me
fait toujours revenir chez moi avec plaisir,
même quand j'ai tort. [Il se retourne vers la duchesse de Montpensier.] Bonjour, ma sœur......
Comment allons-nous, mon frère ?

[Madame de Montpensier le prend vivement par le
bras, et l'entraîne de l'autre côté du théâtre.]

LA DUCHESSE DE GUISE, à part.

Elle ne me laissera pas le temps de lui dire
un mot.

LA DUCHESSE DE MONTPENSIER.

J'ai vu les chefs des ligueurs ; il n'en est pas un qui ne trouve que vous tardez trop à vous déclarer. Tous craignent qu'Henri de Valois ; car moi, du moins, je ne le reconnais plus pour Roi ; tous craignent qu'uni à sa mère, il ne vous tende quelque piége où vous ne succombiez.

LE DUC DE GUISE paraît fatigué de ce que lui dit sa sœur, et répond d'un air de confidence :

Si personne n'appelait plus Henri de Valois *Roi*, il serait bientôt détrôné ; mais si vous êtes la première, et la seule, je vous conseille, ma sœur, de parler comme une femme de votre rang doit s'exprimer ; excepté cependant avec nos chers ligueurs, dont il faut prendre le ton pour les charmer, quoique, entre nous, ils soient parfois assez ennuyeux.

[Pendant cet aparté, la duchesse de Guise est allée s'asseoir près de la table où elle se trouvait avant le lever de la toile, et le duc de Mayenne se rapproche insensiblement pour écouter ce qu'ils disent.]

LA DUCHESSE DE MONTPENSIER.

Ennuyeux ! Pour moi, celui qui crie le plus
haut, qui menace le plus fort ; est celui que
je préfère ; et si ce n'était pas vous qui parliez
de ces braves gens avec si peu d'égards, je
chasserais l'indiscret de ma présence.

LE DUC DE GUISE.

Là, là, ma sœur ; ne vous fâchez point.
Vous êtes admirable dans les temps de troubles ! pas un instant de fatigue, prenant tout
au sérieux, ne concevant même pas qu'on
puisse avoir des momens d'ennui dont on se
relève en les confiant. [Ici, l'acteur doit faire sentir
que c'est moins l'éloge de la duchesse de Guise qu'il veut
faire qu'un avis qu'il donne à sa sœur.] Voilà ce qui
m'attache à la duchesse de Guise, c'est qu'elle
n'a jamais d'emportement, point d'humeur ;
point de ces pensées sur lesquelles on vous ramène sans cesse..... Êtes-vous gai ? elle rit de
ce qui vous amuse..... Avez-vous des sujets
d'inquiétude ? elle les partage sans les aggra-

ver; notez bien ceci..... à mesure que vous
les lui confiez, vous sentez qu'ils passent de
votre cœur dans le sien..... vous devenez plus
calme; il semble que vous vous reposiez dans
un lieu plus tranquille.

LA DUCHESSE DE MONTPENSIER.

Ce grand éloge me parait la critique de mon
vif intérêt pour vous, de ma soif de vous voir
régner sur un peuple qui vous aime, mais qui
a besoin d'un maître; Valois n'est que le ty-
ran du faible, et l'esclave de celui qu'il redoute.

LE DUC DE GUISE, se ranimant.

Oui, je le sens; le peuple bénirait mon passage sur la terre! je laisserais cette belle France
plus grande, plus heureuse que je ne l'aurais
trouvée.... Mais que de peines, de soins, avant
d'arriver au pouvoir suprême! que de gens se
sacrifieront pour ma cause! Y pensez-vous,
ma sœur?

LA DUCHESSE DE MONTPENSIER.

Moi ! jamais !

LE DUC DE GUISE.

Je m'en doutais. [Il regarde en riant le duc de Mayenne.] Et vous, mon frère ?

LE DUC DE MAYENNE.

Je n'y songe que pour compter nos amis, et voir s'ils sont assez nombreux.

LE DUC DE GUISE.

Je vous reconnais l'un et l'autre..... Quant à moi, je n'ai que des momens de lassitude qui passent vite. D'ailleurs, pour m'engager à me jeter dans les périls, il me suffit d'aller au Louvre, d'y voir ces avides mignons; cette Catherine si fausse, si perfide; ce Roi dont la jeunesse fut brillante de gaité, de valeur et d'amour, et que maintenant on ne peut plus servir avec gloire, ni aimer avec honneur !.... Souvent je les regarde tous; alors mon sang

qui bouillonne me crie que là personne n'est
à la place où il devrait être.... Je ne leur pardonne même pas ce qu'ils me forcent à entre-
prendre contre eux.... Rassurez-vous donc,
mais laissez-moi épancher mon cœur; après je
me sens plus ardent et plus fort.

LA DUCHESSE DE MONTPENSIER.

Que j'aime à vous entendre! Ah! parlez
ainsi devant nos bons ligueurs, car ils vont
venir.

LE DUC DE GUISE, avec humeur.

Comment! ici?

LA DUCHESSE DE MONTPENSIER.

Sans doute; ils veulent vous voir.

LA DUCHESSE DE GUISE, à part.

Je ne les attendrai point. [Elle va pour sortir.]

LE DUC DE GUISE, se rapprochant d'elle.

Vous nous quittez, madame?

LA DUCHESSE DE GUISE, souriant.

Je croyais que vous ne vous en apercevriez
pas.

LE DUC DE GUISE.

Voilà une véritable méchanceté ; pour vous
punir, je vous garderai près de nous.

[Il lui prend la main avec affection.]

LA DUCHESSE DE GUISE.

Venez plutôt avec moi, j'ai besoin de vous
ouvrir mon cœur.

LE DUC DE GUISE.

Je vous suis.

LA DUCHESSE DE MONTPENSIER, avec amertume.

Non, mon frère, non ; restez avec madame ;
c'est à nous à lui céder la place, d'autant
qu'avant votre arrivée nous l'entretenions
d'un sujet qui ne lui était pas agréable.

LE DUC DE MAYENNE, regardant la duchesse
de Guise d'un air furieux.

Et nous reprendrons la conversation !

LE DUC DE GUISE, bas à la duchesse.

Quel est cet entretien qui ne vous était pas agréable?

Les portes s'ouvrent ; des Pages précèdent une troupe de Ligueurs, et sortent dès qu'ils sont entrés.

SCÈNE VI.

Les Précédens; **LES LIGUEURS.**

La duchesse de Guise, la duchesse de Montpensier,
sont à droite du théâtre. Le duc de Guise et Mayenne
à gauche, et les Ligueurs au milieu de la scène.

PREMIER LIGUEUR.

Monseigneur, voilà le moment arrivé; il ne
faut plus balancer.

SECOND LIGUEUR.

Les maîtres de quartiers sont prêts.

PREMIER LIGUEUR, se frottant les mains.

A quand la danse, monseigneur? C'est vous
qui devez donner le ton à cette musique-là!
Nous chanterons aussi haut que vous, soyez-
en sûr.

TROISIÈME LIGUEUR.

Valois et sa chère mère entendront un beau charivari.

LE DUC DE GUISE.

Je souhaite plus que vous ce grand jour; mais il faut tout prévoir, tout prévenir. Je suis mieux instruit que vous ne pouvez l'être; je me tiens à l'affût des nouvelles.

PREMIER LIGUEUR.

Hé! que nous font ces balivernes? C'est à nous à les faire courir après les nouvelles, c'est à nous à faire trembler Catherine. Qu'ils s'occupent de nous à la cour, cela convient; mais nous! il nous faut agir, alors tout ira de soi-même.

LE DUC DE GUISE, regardant tous les ligueurs, se rapproché d'eux, les rapprochant de lui suivant l'importance qu'il veut donner à ce qu'il va leur dire.

Savez-vous que le Roi fait venir quatre mille Suisses?

DEUXIÈME LIGUEUR, effrayé.

Quatre mille Suisses!

PREMIER LIGUEUR.

Hé bien! ce ne sont pas quatre mille dé-
mons, peut-être? Mais c'est un motif de plus
pour ne pas attendre. Terminons, et quand
tout sera fait, ils crieront comme nous : *Vive
le Balafré!* [Il regarde la duchesse de Guise avec ap-
préhension, et s'adresse bas au duc.] Je n'ose pas dire
tout ce qui me vient à l'esprit. Ces oreilles-là
ne me paraissent pas bonnes catholiques.

LE DUC DE GUISE, souriant.

Qui? ma femme!

PREMIER LIGUEUR, avec timidité.

J'aime mieux votre sœur.

LE DUC DE GUISE.

Vous avez raison d'aimer ma sœur; mais
ma femme m'aime! Nous n'avons qu'une pen-

sée, qu'un intérêt, comme de bons bourgeois.

PREMIER LIGUEUR, gaîment.

Vous figurez-vous donc les bons bourgeois
bien à leur aise, bien paisibles chez eux ?
Sachez que depuis cette politique il n'y a pas
deux ménages où l'on s'entende. Les uns veulent avancer trois pas, les autres six, quelques
uns trouveraient prudent de reculer; mais
tous marcheront comme nous le jour de la
fête.

LE DUC DE GUISE, d'un ton grave.

Ils ne sont donc pas d'accord?

PREMIER LIGUEUR.

Si fait bien, sur ce que l'on hait; mais sur
ce qu'on veut, c'est autre chose. Arrive un
événement; on s'est disputé avant, on s'accuse après, et l'on recommence le lendemain.
[D'un air bien pédant.] C'est dans l'ordre naturel
des esprits.

LE DUC DE GUISE.

Vous ne croyez donc pas qu'au moins quelqu'un a raison!...

PREMIER LIGUEUR.

Ah! si.

LE DUC DE GUISE.

Qui?

PREMIER LIGUEUR, d'un air timide.

Je n'ose pas le dire devant vous; je n'ose pas comme cela, en face....

LE DUC DE GUISE, avec impatience.

Parlez, parlez.

PREMIER LIGUEUR.

Vous le permettez, vous le voulez? Hé bien! la main sur la conscience, il n'y a guère que moi qui ne se soit jamais trompé.... sur la politique, s'entend; car pour mes affaires, elles vont assez mal depuis que je ne m'en occupe plus.

3

LA DUCHESSE DE GUISE, bas, à sa sœur.

Demandez-le à chacun, il en dira autant, la main sur la conscience.

LA DUCHESSE DE MONTPENSIER, bas.

Il faut se servir de tous.

PREMIER LIGUEUR.

Que voulez-vous, monseigneur ! quand une fois on s'est mis en tête de gouverner la chose publique, le reste paraît bien insipide.

LE DUC DE GUISE, bas, au duc de Mayenne.

Gouverner est plaisant.

PREMIER LIGUEUR.

D'abord, nous nous chamaillons sans cesse, ma femme et moi..... Je la renvoie à ses enfans; elle m'envoie à mon commerce; et nous partons chacun de notre côté, mais pour aller parler avec les gens qui pensent comme nous.

LA DUCHESSE DE MONTPENSIER.

Voilà qui est bien dit, et bien fait. Quant à moi, je méprise tous ceux qui ne sont pas de mon avis.

LA DUCHESSE DE GUISE, à part.

Et moi aussi, assurément.

DEUXIÈME LIGUEUR.

Mépriser n'est rien ; s'ils en disent autant, partant quitte : ce qu'il faut, c'est les haïr !

LA DUCHESSE DE GUISE, à part.

Je n'y manque pas.

TROISIÈME LIGUEUR.

Les haïr ne suffit pas davantage ; ce qu'il faut, c'est les exterminer.

LE DUC DE MAYENNE.

Par exemple, je suis bien de cet avis-là.

PREMIER LIGUEUR.

Puisque nous voilà en train de causer, car
on ne peut rien vous cacher, monseigneur;
dès qu'on vous voit, on est à vous; âme,
corps, biens, tout est à vous! Je vous dirai
donc, et cela pour votre sûreté [il se rapproche
du duc pour ne pas être entendu par la duchesse de Guise;
aussitôt Mme de Montpensier vient se placer entre eux],
qu'à votre place, je ne souffrirais pas que ce
muguet de Saint-Mégrin vînt chez moi si souvent.

LE DUC DE GUISE regarde sa femme d'un air mécontent et surpris, mais reprend d'un ton imposant :

J'ai prié la duchesse de l'admettre chez elle,
parce que je sais ainsi ce qui se passe au
Louvre.

PREMIER LIGUEUR, toujours à part, au duc.

Vous êtes un grand génie, monseigneur!
Vous tirez vos conclusions de ce qui échappe
à ce beau fils; mais quand vous n'y êtes pas,

ce rusé jase avec madame; elle cause aussi :
alors, un petit mot d'un côté, un petit air in-
quiet, et la mèche est éventée. [Il élève la voix.]
Déclarons-nous, et clair; battons-nous, et
ferme; nous n'aurons plus besoin de voir les
mignons.

LA DUCHESSE DE MONTPENSIER, bas, au duc.

C'est ce que je disais à ma sœur, quand vous
êtes entré.....

LE DUC DE GUISE, d'un air sévère.

Pourquoi ne me l'avoir pas dit à moi-même?

LA DUCHESSE DE MONTPENSIER, d'un ton qui veut
faire entendre bien plus qu'elle ne dit.

C'est qu'il y a des choses dont les femmes
ne se parlent qu'entre elles.

[Depuis ce moment, le duc regarde souvent la duchesse
avec humeur.]

LA DUCHESSE DE MONTPENSIER, s'adressant aux
ligueurs.

Mes bons amis, voyez-vous ces ciseaux?

voilà mes armes! Elles vaudront les vôtres le
jour du couronnement qui doit reléguer Valois dans le cloître.

TOUS LES LIGUEURS.

Oui, oui, dans un bon couvent!

PREMIER LIGUEUR.

Il aura le temps d'y soigner ses petits chiens,
et de chanter à la procession.

DEUXIÈME LIGUEUR.

Les processions sont bonnes, il ne faut pas
en parler légèrement.

LA DUCHESSE DE MONTPENSIER.

Il a raison; nous ne sommes armés que
pour la foi!

PREMIER LIGUEUR.

Montrez-moi encore ces bien heureux ciseaux; sont-ils bien affilés?

[La duchesse de Guise sort.]

PREMIER LIGUEUR, bas, à la duchesse de Montpensier.

Voyez comme elle s'enfuit!..... Sur mon
âme, je crois qu'elle a pâli à la vue des ciseaux. [Il revient au duc.] Je vous le répète,
monseigneur, cette dame-là ne marche point
du même pas que nous.

LE DUC DE GUISE.

Quelle folie! Mais il faut que j'aille au Louvre savoir où sont ces mécréans de Suisses.
Demain, revenez tous à pareille heure, et
nous prendrons notre dernière résolution.

TOUS LES LIGUEURS.

C'est bien dit, cela : dernière résolution!

[Ils sortent tous en répétant : *dernière résolution*. La
duchesse de Montpensier et le duc de Mayenne les
accompagnent.]

SCÈNE VII.

LE DUC DE GUISE, seul.

Que veulent-ils me faire entendre, avec
leurs insinuations sur Saint-Mégrin?..... Et
ma sœur, avec ses réticences?..... Et mon
frère, avec ses regards foudroyans?.... Et la
duchesse même, qui m'a paru embarrassée!
Ah! repoussons ces odieux soupçons; ne suis-
je pas sûr de son attachement? Le Roi l'ai-
mait, il lui a offert sa main; elle m'a préféré:
je ne l'oublierai jamais.... Non, je ne la con-
damnerai pas d'après les propos de la méchanceté; mais je dois la préserver de ses attein-
tes.... Je ne souffrirai point qu'elle revoie ce
jeune homme..... Pour ne pas s'y soumettre,
elle me reprochera peut-être des liaisons qui

l'ont blessée..... C'est une ressource de femmes que de se fâcher quand elles ont tort....
N'importe, si son cœur me blâme, sa raison doit m'absoudre..... N'est-il pas permis à un homme que les soins, les soucis accablent, de chercher des distractions? d'éviter l'ennui?..... L'ennui! si solidement établi chez soi, n'est que passager chez les autres......
Enfin, je suis excusable; mais on peut la supposer criminelle, et je lui défendrai de revoir ce muguet, comme ils le nomment..... J'avais bien besoin de ce surcroît d'inquiétude!

SCÈNE VIII.

LE DUC, LA DUCHESSE DE GUISE.

[Le duc, en la voyant, détourne les yeux.]

LE DUC.

Il m'est impossible de la regarder; je ne saurais même lui parler.

LA DUCHESSE, à part.

Qu'il a l'air sévère !.... Ces ambitieux ont toujours des pensées qui les tourmentent.... [Elle passe de l'autre côté du théâtre.] Et moi, qui venais pour l'amener à des sentimens de paix et de réconciliation avec le Roi; j'ai bien choisi mon moment ! [Elle s'était d'abord avancée vivement; devenue timide, elle s'assied et paraît de plus en plus embarrassée. Le duc la regarde; et dès que leurs yeux se rencontrent, il détourne les siens.] Ce que c'est que l'autorité imposante d'un mari! Je tremble, et pourtant mes intentions étaient bien pures.... Mais, n'ayant aucun tort, il ne faut pas se laisser accabler. [Elle le considère en silence, puis fait un grand éclat de rire.] On me racontait, l'autre jour, que, lorsqu'on voyait un monsieur et une dame dans leur coche, que l'un regardáit à gauche, l'autre à droite, comme s'ils n'étaient pas ensemble, on pouvait parier que c'était un mari et sa femme.

LE DUC, sévèrement.

Souvent, on ne parle point, parce qu'on aurait trop à dire.

LA DUCHESSE, avec effroi.

C'est contre moi qu'il a de l'humeur.... Ma chère belle-sœur a peut-être découvert mes projets, les lui aura appris, Dieu sait avec quels commentaires.... C'est égal, prenons-le gaiment; il faudra bien qu'il s'explique. [Elle

se lève et s'approche.] Vous prétendez donc que le
silence signifie qu'on a beaucoup à dire, et
que, lorsqu'on parle, on ne dit rien?

LE DUC.

Finissons ces plaisanteries, madame; écoutez-moi. Vous êtes devenue l'objet de la ca-
lomnie, car j'aime à croire que ce sont d'hor-
ribles calomnies; cependant il importe de les
faire cesser. Je ne juge point convenable que
vous revoyiez le jeune Saint-Mégrin.

[Pendant toute cette scène, la duchesse affecte toujours
de la gaîté, cherchant dans les yeux de son mari jusqu'où elle peut la porter.]

LA DUCHESSE.

Ah! voilà justement les propos de madame
de Montpensier. Je n'aime pas trop les inspi-
rations qui vous viennent d'elle. Mais causons
en amis d'une affaire si grave. [Elle rit.] Êtes-
vous jaloux?

LE DUC, étonné, doit faire sentir qu'il contraint sa colère.

Si j'avais cette simplicité, il me resterait

assez d'empire sur moi-même pour n'en laisser le triomphe à personne.

LA DUCHESSE.

Pour moi, si j'obtenais ce grand triomphe,
je ferais bien en sorte que la comtesse de
Sauves en fût instruite à l'instant. Vous lui
rendez des soins assidus.... Je crois aussi que
les propos qu'on tient sur votre liaison avec
elle sont de véritables calomnies, et vous me
rendrez la justice de convenir que c'est la première fois que je daigne la nommer..... Néanmoins..... [Elle rit.]

LE DUC, à part.

Aurait-elle essayé de me tourmenter? ne
lui en laissons pas le plaisir. [Haut.] La comtesse de Sauves est charmante!

LA DUCHESSE.

Charmante est trop faible; elle est sédui-
sante, ravissante! Tellement que les femmes
ne la peuvent souffrir.

LE DUC.

Revenons à vous, madame, qui étiez res-
pectée des hommes, et chérie par toutes les
femmes. Cette heureuse et noble existence ne
vous plairait-elle plus?

LA DUCHESSE.

D'ordinaire je ne suis pas bien gaie; cependant, je ne sais pourquoi, aujourd'hui tout
m'amuse. Mais revenons aussi à vous; d'abord,
avouez-le-moi en confidence, vous êtes jaloux?
convenez-en? J'en aurais une véritable joie!

LE DUC.

C'est une satisfaction que je ne saurais vous
donner; seulement je ne veux point devenir
un objet de dérision pour tous les sots de la
France. Je veux encore moins qu'un petit
écervelé aille imaginer qu'il peut prétendre à
vous plaire.

LA DUCHESSE, riant.

Pourquoi ne pas dire *m'intéresser?* c'eût été plus sensible !

LE DUC, se livrant à son impatience.

Enfin, madame, je l'exige ; ne revoyez plus ce jeune homme : sa présence ici trouble mes amis, me déplait ; cela doit suffire.

LA DUCHESSE, gravement.

Écoutez-moi à mon tour.... Si réellement j'étais assez heureuse pour vous causer un moment d'inquiétude....

LE DUC.

Assez heureuse ! voilà une singulière expression.

LA DUCHESSE sourit.

Et je la répète, car j'ai un fonds d'estime pour la jalousie.... Mais si c'est uniquement dans la vue de rassurer vos ligueurs qui m'en-

nuient à mourir, si c'est pour complaire à
votre sœur, qui prétend tout gouverner, je
ne me soumettrai point à leurs caprices, je
vous en avertis.

SCÈNE IX.

Les Précédens; LA DUCHESSE DE MONT-
PENSIER, LE DUC DE MAYENNE,
BASSOMPIÈRE.

LA DUCHESSE DE MONTPENSIER.

Au nom du ciel, mon frère, que faites-vous
ici? Vous avez promis d'aller au Louvre savoir
ce qu'on y prépare, et vous vous oubliez dans
un tête-à-tête, sûrement fort doux, mais
qui, je crois, ne fournira pas de bonnes ré-
ponses à donner à nos amis.... Voici Bassompière qui vient vous chercher.

[Le duc de Guise la regarde sans lui répondre.]

BASSOMPIÈRE, bas au duc.

Trop heureux mortel! La comtesse de
Sauves, cette belle des belles, m'a chargé de

4

vous dire qu'elle avait à vous parler; elle vous attend.

[Le duc de Guise le regarde aussi, sans lui répondre.]

LA DUCHESSE DE MONTPENSIER, tout bas.

Une couronne!

[Le duc reste dans le même silence.]

BASSOMPIÈRE, avec une emphase un peu ironique.

L'amour!

LE DUC DE GUISE, à part.

Me voilà, j'espère, un homme assez tourmenté.

LE DUC DE MAYENNE, portant des yeux courroucés sur la duchesse de Guise.

L'honneur!

LE DUC DE GUISE le regarde, et s'approche de la duchesse.

Souvenez-vous, madame, de ce que je vous ai demandé; car, moi! je ne l'oublierai point.

[Il sort; le duc de Mayenne et Bassompière le suivent.]

SCÈNE X.

LA DUCHESSE DE GUISE, LA DUCHESSE DE MONTPENSIER.

LA DUCHESSE DE MONTPENSIER.

Que vous a-t-il donc demandé, ma sœur, à quoi il attache tant d'importance?

LA DUCHESSE DE GUISE.

Il m'a dit qu'il ne pouvait souffrir les femmes qui se mêlaient de politique, et il m'a priée de ne jamais m'en occuper. [Elle sort.]

LA DUCHESSE DE MONTPENSIER.

Elle veut me piquer; je le lui rendrai avec usure.

FIN DU PREMIER ACTE.

ACTE SECOND.

———

SCÈNE PREMIÈRE.

LA DUCHESSE DE MONTPENSIER, BASSOMPIÈRE.

LA DUCHESSE DE MONTPENSIER.

Cher Bassompière, mon frère a la plus grande confiance en vous; il faut que vous l'éclairiez sur la conduite légère de sa femme.

BASSOMPIÈRE.

De la duchesse de Guise ! Y pensez-vous, madame?

LA DUCHESSE DE MONTPENSIER.

Oui; il faut que vous parveniez à éloigner
ce jeune Saint-Mégrin, qui m'est fort suspect.
Grâce à moi, les ligueurs en ont déjà pris de
l'ombrage; déjà, ils s'en sont expliqués devant mon frère; mais lorsque vous parlerez
comme eux, il y fera plus d'attention : ce
que l'un a dit, l'autre le répète, et cela parait la voix publique.

BASSOMPIÈRE.

Vous ne croyez pas un mot de ce que vous
voulez me faire dire.

LA DUCHESSE DE MONTPENSIER.

Qu'importe! J'en jurerais s'il le fallait pour
chasser cet espion de Catherine. Entre nous,
pourquoi vient-il ici? Est-il amoureux de la
duchesse? c'est un ridicule pour mon frère....
Veut-il pénétrer nos secrets? c'est un danger.... Il faut l'éloigner; entendez-vous qu'il

le faut! et je ne vois que vous qui puissiez avertir le duc.

BASSOMPIÈRE.

Voilà le difficile.

LA DUCHESSE DE MONTPENSIER.

Point du tout. Vous en causerez en riant, si vous voulez, sans trop accuser la duchesse. Indifférent à ce que ce soit, ou ne soit pas.... C'est une si grande avance que d'être le confident d'un mari qui a une intrigue ! Alors on ose lui dire, sur sa femme, tout ce qui passe par la tête : la plus grande méchanceté n'a l'air que d'une plaisanterie.

BASSOMPIÈRE.

Êtes-vous bien sûre, madame, qu'il prenne cela si gaîment ? Plusieurs fois, j'ai admiré combien il est attentif, respectueux, pour la duchesse de Guise.

LA DUCHESSE DE MONTPENSIER.

C'est précisément cette estime profonde,

cette déférence respectueuse qui me blesse.
Jamais je ne serai certaine de mon empire sur
mon frère que je ne sois sa seule amie ! Je
veux qu'il ne pense qu'à moi, dans ses peines ; ne confie qu'à moi ses projets ; ne trouve
que près de moi des consolations.... Qu'il soit
amoureux ! j'y consens, et lui permets tous
les sentimens que je ne peux lui inspirer ;
mais pour l'amitié, la confiance, je prétends
qu'il ne les cherche qu'en moi.

BASSOMPIÈRE.

Certes, madame, vous devriez être à mi-
racle avec la duchesse de Guise ; car je ne
crois pas qu'elle excusât si facilement les distractions amoureuses ; et peut-être que l'amitié
ne lui paraîtrait pas un si grand bien.

LA DUCHESSE DE MONTPENSIER.

Vous n'entendez rien à tout cela, mon cher
Bassompière ; cependant, comme je ne par-
viendrais pas à vous faire comprendre le pou-

voir d'une femme envers laquelle on a des
torts, et à qui l'on n'en croit aucun, je ne
l'entreprendrai point. Il doit vous suffire de
savoir qu'il est nécessaire à la sûreté de mon
frère que vous le préveniez contre Saint-
Mégrin; je me charge du reste.

BASSOMPIÈRE.

Vous savez que j'aime le duc de Guise avec
une espèce d'idolâtrie!... Au surplus, c'est un
sentiment qu'il inspire à tous.... Si j'allais
l'affliger!

LA DUCHESSE DE MONTPENSIER.

Tant mieux, il reviendra plus tôt à moi.

BASSOMPIÈRE.

Mais, madame!...

LA DUCHESSE DE MONTPENSIER.

Je ne vous dirai plus qu'un mot; écoutez-le
bien.... Bassompière! je le veux!

BASSOMPIÈRE.

En effet, c'est un grand mot.... et voilà ce qu'on peut appeler la dernière raison des femmes !

[Elle sort en le saluant d'un air moqueur.]

SCÈNE II.

BASSOMPIÈRE, seul.

Je le veux ! Madame de Montpensier le répète sans cesse, et, qui pis est, ne dit pas autre chose. Il n'y a plus moyen de discuter, de modifier ; *je le veux* répond à tout, comprend tout, et, à son avis, justifie tout.

SCÈNE III.

LE DUC DE GUISE, BASSOMPIÈRE.

[Ce dernier a l'air triste et embarrassé.]

LE DUC DE GUISE.

Qu'avez-vous, mon cher? Je crois, vrai
Dieu, vous avoir entendu soupirer!... Seriez-
vous amoureux? Ah! gardons les douces affections pour un temps paisible : l'amour n'est
une affaire que pour ceux qui n'en ont pas
d'autres,.... Je viens du Louvre : on m'a fait un
accueil si flatteur, que vous en auriez été surpris. Le Roi, la Reine-Mère, n'avaient de sou-
rires que pour moi. Parlaient-ils à un autre?
leurs regards demandaient aux miens si j'étais
satisfait.... Soyez sûr qu'on machine-là quel-

que trahison.... Mais, vous ne m'écoutez
pas !.... Encore une fois, qu'avez-vous?

BASSOMPIÈRE.

Ce sont des pensées qui me poursuivent
malgré ma raison.

LE DUC.

Trouverai-je aujourd'hui l'ami de mon
cœur si mystérieux?

BASSOMPIÈRE.

Vous faites bien de me nommer *l'ami de
votre cœur*, c'est le seul titre que j'ambitionne.

LE DUC.

Vous voilà, mon cher, dans un accès de
sensibilité qui m'effraie. [Il rit.] Ma vie serait-
elle en péril?

BASSOMPIÈRE.

Ah! si elle était menacée, vous me trouve-
riez entre le danger et vous.

LE DUC.

J'en suis bien convaincu ! [D'un ton moins grave.]
Cependant on peut cacher à son ami des inquiétudes encore vagues, pour lui éviter le
trouble dont soi-même on est agité. Voyons,
parlez comme si nous avions à nous occuper
de personnes indifférentes ou de sujets frivoles.

BASSOMPIÈRE.

Il est vrai qu'un motif assez ridicule cause
mon tourment.

LE DUC.

J'en jugerai.

[Il passe son bras sous le sien, et l'écoute avec attention.]

BASSOMPIÈRE. *

« Il y a quelques jours qu'un de mes amis

---

* Tout ce qui est guillemetté est tiré du manuscrit de
M. de Thou, qui dit tenir cette anecdote de François de
Bassompière, fils de celui dont il s'agit ici : ce sont les pro-
pres paroles du duc et de Bassompière, telles qu'elles sont
imprimées dans la *Vie du duc de Guise.*

« m'a consulté sur la manière de s'y prendre
« pour instruire un mari de bruits fâcheux
« qui courent sur sa femme.

[Ici le duc doit quitter le bras de Bassompière, s'éloigner, et prendre un air sévère qui prouve qu'il devine ce qu'on veut lui dire. Bassompière continue.]

« La question m'a paru si embarrassante, que
« jusqu'ici il m'a été impossible d'y répondre.
« Voilà ce qui cause le chagrin que je n'ai pu
« vous cacher. Mais puisque l'occasion s'offre
« si naturellement de vous en parler, je serais
« bien aise de savoir de vous quel conseil je
« dois donner à mon ami sur une question si
« délicate. »

LE DUC.

« Quel que soit celui dont vous me parlez, si
« c'est un ami, ou seulement s'il veut le pa-
« raître, qu'il se charge lui-même de venger
« l'affront fait à son ami. Mais apprendre à un
« mari ce qu'il ignore, c'est, à mon avis,
« joindre un nouvel affront au premier. Pour
« moi, Dieu m'a donné une épouse aussi sage

« qu'on puisse le souhaiter; et, grâces au ciel,
« je n'ai pas lieu de me défier de sa vertu. Si
« pourtant elle avait le malheur d'oublier ce
« qu'elle se doit, et qu'un homme fût assez
« hardi pour me le dire, vous voyez ce fer
« [il met la main sur la garde de son épée], la vie de
« cet imprudent me répondrait de sa folle té-
« mérité. »

BASSOMPIÈRE, à part.

Voilà qui est très clair, et j'espère que madame de Montpensier s'en contentera.

SCÈNE IV.

LES PRÉCÉDENS; **LA DUCHESSE
DE GUISE.**

LA DUCHESSE.

Je venais vous avertir que mon fils est souf-
frant.

LE DUC.

Malade!

LA DUCHESSE.

Il m'inquiète.

LE DUC.

Allez le soigner, madame; je vous rejoindrai
dès que j'aurai vu ma sœur.

LA DUCHESSE, à part.

Après leurs insinuations perfides, que je redoute cet entretien !

LE DUC.

Retournez chez mon fils, madame ; près de son enfant, une mère sent mieux le prix des affections de famille.

[Il sort, et fait signe à Bassompière de le suivre.]

SCÈNE V.

LA DUCHESSE DE GUISE, puis Mme DE
SAINTE-ÈVES.

LA DUCHESSE DE GUISE.

Il oublie le bien le plus cher ; il oublie que
jamais un enfant ne vous fait une peine vo-
lontaire : l'âge, l'inexpérience, tout l'excuse ;
tandis que dans les autres attachemens de la
vie, vous afflige-t-on ? c'est parce qu'on le
veut ! Hé ! que la volonté d'affliger ajoute de
douleurs à toutes les peines !

Mme DE SAINTE-ÈVES entre ; elle regarde avec inquiétude autour de la chambre.

Êtes-vous seule, madame ?

5

LA DUCHESSE.

Vous le voyez, ma chère.

Mme DE SAINTE-ÈVES.

Dans ces temps, il faut se méfier, même de ce qu'on voit.

LA DUCHESSE sourit tristement.

Et plus encore de ce qu'on ne voit pas. [Mme de Sainte-Èves ouvre un cabinet qui est dans le coin du théâtre, et regarde s'il n'y a personne.] Mais pourquoi toutes ces précautions?

Mme DE SAINTE-ÈVES.

C'est pour vous apprendre que M. de Saint-Mégrin est dans ma chambre; il vous demande un moment d'audience.

LA DUCHESSE.

Saint-Mégrin! à peine sort-il d'ici!... Sans doute quelque événement extraordinaire le ramène!... Vous savez qu'il m'est défendu de le recevoir.

Mme DE SAINTE-ÈVES.

Il dit qu'il a des choses essentielles à vous communiquer.

LA DUCHESSE.

Que faire !....

Mme DE SAINTE-ÈVES.

Il ne demande qu'un instant. Monseigneur a bien autre chose à penser que de s'occuper des personnes que vous voyez. Il est chez sa sœur, avec cette foule de gêns dont elle l'entoure ; des figures qu'on n'a vues nulle part.

LA DUCHESSE, piquée.

En êtes-vous bien sûre ?

Mme DE SAINTE-ÈVES.

Oui, madame.

LA DUCHESSE.

Que le duc de Guise ne m'admette point à

cette réunion, je le conçois et l'en remercie;
mais qu'il me la cache, c'est une offense.

Mme DE SAINTE-ÈVES, d'un air fier.

Ils sont ce qu'ils appellent être en conseil
intime.

LA DUCHESSE.

Comme madame de Montpensier va triom-
pher! Elle seule consultée sur des affaires si
importantes! elle va se croire la première personne de l'État.

Mme DE SAINTE-ÈVES.

Ils ont leurs secrets, leurs amis; ne pou-
vez-vous avoir les vôtres?

LA DUCHESSE, tout à ses pensées, ne la regarde ni
ne l'écoute.

Quelle insulte! La famille est réunie, et
je suis exclue par mon époux! Étrangère à
sa confiance!.... désormais, les regards de sa
sœur tomberont avec peine jusqu'à moi....
son silence sera du dédain.... Ah! qu'il me
faut de vertu pour obéir au duc de Guise!

Hier encore, ce m'eût été un plaisir! Quoi qu'il en soit, je n'ose recevoir ce jeune homme.

Mme DE SAINTE-ÈVES.

L'avez-vous promis?

LA DUCHESSE.

Tout au contraire.... D'ailleurs, ce prompt retour m'effraie.

Mme DE SAINTE-ÈVES.

Si le sort de la cause que vous préférez dans votre cœur, et que je sers de toute l'ardeur du mien, dépendait de ce qu'il peut avoir à vous dire?

LA DUCHESSE.

Quelle épreuve! Je ne sais à quoi me résoudre!.... D'abord, il faut que j'aille près de mon fils; le duc de Guise doit s'y rendre... [Elle paraît hésiter.] Gardez M. de Saint-Mégrin chez vous.... Je reviendrai ici, et vous ferai appeler. [Elle va pour sortir, et revient toute joyeuse sur

ses pas.] Non, non ; qu'il m'écrive : je lui ré-
pondrai, cela ne m'est pas défendu.... Qu'il
m'écrive.

Elle sort en courant; le duc de Mayenne entre ; elle le
salue en passant, il l'examine avec étonnement.

SCÈNE VI.

LE DUC DE MAYENNE, Mme DE SAINTE-ÈVES.

Mme DE SAINTE-ÈVES, à part.

Quand je le disais à madame ! Il la croit ici,
et le voilà.

LE DUC DE MAYENNE.

Qu'a donc madame de Guise, pour se tant
presser ?

Mme DE SAINTE-ÈVES.

Son fils est malade.

LE DUC DE MAYENNE.

Pourquoi l'avait-elle quitté ?..... Pourquoi
rester seule avec vous, et fuir dès que je pa-
rais ?

Mme DE SAINTE-ÈVES.

Si elle se fût arrêtée, monsieur le duc, vous
auriez dit qu'elle négligeait un devoir; et si
vous ne l'aviez pas trouvée, vous seriez mécontent; car, d'elle, tout vous déplaît! Je
crains qu'à la fin elle ne découvre que vous
la haïssez.

[Elle sort en souriant.]

SCÈNE VII.

LE DUC DE MAYENNE, seul.

Elle a ri ! je le lui ferai payer cher, d'autant qu'elle m'a tout l'air d'une confidente de
femme ! de ces tournures alternativement im-
pertinentes et flatteuses, qu'on devine on ne
sait à quoi, mais sans s'y tromper.....

SCÈNE VIII.

LA DUCHESSE DE GUISE, LE DUC DE MAYENNE.

LA DUCHESSE DE GUISE.

Mon fils est mieux! il repose..... Ah! je respire plus à l'aise!

LE DUC DE MAYENNE.

Les mères s'exagèrent souvent le danger; cependant, si j'avais connu votre inquiétude, je vous aurais suivie pour tâcher de vous rassurer.

LA DUCHESSE.

Je vous remercie.... mais j'avoue que tant d'attention m'étonne; depuis mon mariage, vous ne m'y avez pas accoutumée.

LE DUC DE MAYENNE, troublé.

J'aime mon frère avec une tendresse qui

vous répond de mon respect, madame !.... Il
ne faut pas me juger sur les apparences....
J'éprouve souvent tout le contraire de ce que
j'exprime.... Ma vie s'est passée à la cour,
ou dans nos armées; quoique j'aie l'orgueil
de ne pas m'assimiler aux courtisans, l'éti-
quette accoutume à cacher ses impressions;
et l'habitude des camps donne l'air dur.....
madame ! Il faut me faire grâce, et croire que
j'aurais partagé une peine si naturelle et si
juste. [A part.] Où me laissé-je égarer?.....
[Haut.] Madame, je vais rejoindre mon frère.

LA DUCHESSE.

Chez votre sœur, sans doute?

LE DUC DE MAYENNE.

Oui, madame.

LA DUCHESSE.

Vous m'y paraissez aussi nécessaire que lui-
même.

[Il va pour sortir, rencontre Mme de Sainte-Èves, et
lui lance un regard menaçant.]

SCÈNE IX.

LA DUCHESSE DE GUISE, Mme DE SAINTE-ÈVES.

LA DUCHESSE DE GUISE.

Ah! ma chère, que le duc de Guise est différent de ce qu'il était autrefois!.... Alors il se
plaisait près de moi, je possédais sa confiance;
il adorait son fils! Aujourd'hui, qu'il le sait
malade, il se contente d'envoyer savoir de ses
nouvelles, sans venir le voir.... Hé bien,
avez-vous obtenu que M. de Saint-Mégrin
m'écrivit?

Mme DE SAINTE-ÈVES.

Non, madame. Il prétend qu'une lettre peut
se perdre; que ce qu'il désire vous apprendre
concerne monseigneur.

LA DUCHESSE.

S'il est ainsi, je dois le recevoir.... Cependant une sorte d'effroi m'arrête.... Le duc de
Guise, charmant, enchanteur, lorsqu'il est
satisfait, devient terrible quand il se croit
offensé.

Mme DE SAINTE-ÈVES.

A votre place, je me déciderais bien vite,
pendant qu'ils sont encore tous chez madame
de Montpensier; d'ailleurs, les intérêts de
monseigneur!...

LA DUCHESSE.

Il est sûr que je dois tout risquer plutôt
que de manquer l'occasion de lui être utile....
Allez chercher M. de Saint-Mégrin, dépêchez-
vous....

SCÈNE X.

LA DUCHESSE DE GUISE, seule.

Je vais donc hasarder un entretien qui peut déplaire à mon époux. Moi! qui l'ai tant aimé! qui l'aime tant encore!... Il me préfère madame de Montpensier parce qu'elle flatte ses passions ambitieuses, surtout parce qu'elle les partage; aussi est-elle fêtée, environnée; tandis que moi, qui voudrais sauver tous les malheureux, éteindre toutes les divisions, je suis seule!... Les ennemis du duc de Guise ne manquent pas de me détester, et ses amis aiment sa sœur.... L'esprit de parti est impitoyable; il ne suffit à aucun de le servir, il ne vous reconnaît plus si vous n'épousez pas ses haines.

SCÈNE XI.

LA DUCHESSE DE GUISE, SAINT-MÉGRIN.

[Mme de Sainte-Èves sort dès qu'elle l'a introduit dans le salon.]

LA DUCHESSE DE GUISE, vivement.

Madame de Sainte-Èves a dû vous prévenir que je ne pouvais disposer que d'une minute; peut-être vous a-t-elle avoué les nouveaux chagrins qui m'accablent; car elle est fort de vos amies.

SAINT-MÉGRIN.

Je sais les indignes propos dont la méchanceté infernale de madame de Montpensier a troublé l'esprit du duc de Guise. Qu'elle ré-

pète à tous venans que je vous adore, ce serait
ma gloire, et je paierais de ma vie le bonheur
d'oser vous le dire! Mais qu'elle vous accuse,
vous, madame! c'est un blasphème.

LA DUCHESSE s'empresse de l'interrompre.

Qu'aviez-vous à me confier qui dût intéresser le duc de Guise?

SAINT-MÉGRIN.

Toujours soumis à vos ordres, madame,
j'ai cherché à détruire les soupçons qu'on
avait inspirés au Roi contre lui. J'y suis par-
venu. Oh! pardonnez-moi, si je n'ai pu résister
au plaisir de vous annoncer que ce matin, au
conseil, le Roi le nomme généralissime de ses
armées.

LA DUCHESSE, enchantée.

Je ne doute pas qu'une si grande preuve de
confiance ne le touche profondément. Dans un
temps plus tranquille, je ne lui laisserai pas
ignorer la part que vous avez eue à cette dé-
termination.

SAINT-MÉGRIN.

A présent, madame, j'ai besoin de votre
indulgence. Oserai-je vous avouer que n'ayant
pas les mêmes amis que vous, j'ai été satisfait
d'avoir au moins des ennemis qui nous soient
communs. Indigné des continuelles perfidies
de madame de Montpensier, je l'en ai punie à
votre insu.... Le Roi l'exile à quarante lieues
de Paris et de la cour.

LA DUCHESSE.

Exiler ma sœur! qu'avez-vous fait!

SAINT-MÉGRIN.

Je vous ai servie plus que vous ne le pensez.

LA DUCHESSE.

Le duc de Guise ressentira cette offense jusqu'au fond du cœur, soyez-en convaincu.

SAINT-MÉGRIN.

N'étant plus sans cesse excité par elle, il reviendra ce qu'il a toujours été : grand , noble et généreux.

LA DUCHESSE.

Vous avez peut-être raison ; mais elle est ma belle-sœur, et je la plains.

SAINT—MÉGRIN.

Madame, vous ne la connaissez pas assez. Si vous aviez vu les personnes qui sont entrées chez elle ce matin, vous en frémiriez. Caché derrière la fenêtre de madame de Sainte-Èves, je les ai toutes reconnues....

LA DUCHESSE, à part.

Si je n'avais pas permis que ce jeune homme vînt chez moi en secret, il aurait ignoré ces relations dont je rougis. J'ai eu tort, grand tort.

SAINT—MÉGRIN.

Le départ de madame de Montpensier ne m'ôte pas toutes mes inquiétudes.... Ce duc de Mayenne ne voudra-t-il pas suivre les projets

de sa sœur?... Son séjour ici m'est odieux....
La pensée qu'il vous verra, vous parlera à
toutes les heures, m'est insupportable.

LA DUCHESSE, souriant.

J'aperçois que votre amie Sainte-Èves vous
a fait part de ses folles idées.

SAINT-MÉGRIN, transporté.

Ah, madame! suis-je assez heureux pour
que vous daigniez comprendre le tourment
que j'éprouve?

LA DUCHESSE, à part.

Imprudente! qu'ai-je dit! [Haut] J'ai cru
que, d'après madame de Sainte-Èves, vous
redoutiez pour moi l'humeur farouche du duc
de Mayenne. Mais rassurez-vous; j'aime mon
époux, et je supporterai son frère avec une
patience inaltérable.

SAINT-MÉGRIN, piqué.

Je n'en doute point, madame.

LA DUCHESSE.

Pourtant, je veux bien vous avouer que votre amitié m'est chère! J'en conserverai un éternel souvenir.

SAINT-MÉGRIN, à part.

Mon amitié!!! [Haut.] Écoutez-moi, par pitié, madame.... Dorénavant, le duc de Guise m'interdira votre maison, j'en suis certain.... Peut-être ne vous verrai-je plus; une douleur secrète me l'annonce..... Apprenez du moins que mon adoration comme mon respect pour vous sont sans bornes. [Il tombe à ses pieds.] Je demande pour tout bonheur de voir dans vos yeux satisfaits que vous croyez à mon dévoûment.

SCÈNE XII.

Les Précédens; Mme DE SAINTE-ÈVES.

Mme DE SAINTE-ÈVES, effrayée.

Le duc de Guise ! sa sœur ! son frère ! Venez.

[Elle veut entraîner Saint-Mégrin vers le cabinet ; il résiste.]

SAINT-MÉGRIN,

Moi ! les fuir ! me cacher !

Mme DE SAINTE-ÈVES.

Je vous le demande pour elle !

SAINT-MÉGRIN , regardant la duchesse.

Pour elle ! je me soumets.

[Il entre dans le cabinet ; Mme de Sainte-Èves y laisse la clef.]

LA DUCHESSE DE GUISE.

Et la clef ? [Elle se précipite et la prend, puis très
vite et très bas, à Mme de Sainte-Èves.] Quand ils se-
ront tous partis, vous viendrez le délivrer.

Mme DE SAINTE-ÈVES.

Oüi, madame.

LA DUCHESSE.

De la prudence !

Mme DE SAINTE-ÈVES.

Soyez tranquille. [Elle sort.]

[La duchesse oublie de lui donner la clef. Saint-Mégrin,
en se relevant, a laissé tomber un de ses gants; elle
l'aperçoit lorsque la famille est tout près.]

LA DUCHESSE.

Ah ciel!

[Elle marche sur le gant pour qu'on ne le voie pas.]

SCÈNE XIII.

LE DUC, LA DUCHESSE DE GUISE, LA DUCHESSE DE MONTPENSIER, LE DUC DE MAYENNE, BASSOMPIÈRE.

LE DUC DE GUISE.

Félicitez-nous, madame; enfin les hugue-
nots vont être détruits. Le Béarnais ne sera
plus à craindre.

LA DUCHESSE DE MONTPENSIER, dans le ravissement.

Le roi d'Espagne accède à la ligue! Ses
vœux sont les nôtres! Ses troupes, ses trésors,
vont soutenir notre cause!

LA DUCHESSE DE GUISE, à part.

Et Saint-Mégrin qui les entend!..... Mon
Dieu, sauvez mon époux!

LE DUC DE GUISE.

Je ne vous trouve point la joie qu'une si grande nouvelle devrait vous donner.

LA DUCHESSE DE GUISE, élevant la voix pour être entendue par Saint-Mégrin.

Sûrement vous allez l'apprendre au Roi? Il vous saura gré du zèle que vous mettez à le servir.

LA DUCHESSE DE MONTPENSIER, riant aux éclats.

Le Roi! Et qui pense à lui! Y songe-t-il lui-même! En vérité, ma sœur, vous avez des naïvetés auxquelles personne ne s'attend.

LE DUC DE GUISE, riant.

Certes, il n'y a que vous ici qui vous occupiez de lui. [D'un ton grave et mystérieux.] Non seulement le Roi ignore le traité que je viens de signer avec l'Espagne, mais il serait très dangereux pour moi qu'il en fût instruit.

LA DUCHESSE DE GUISE, éperdue.

Dangereux!... peut-être mortel!... Écoutez

tous.... je ne veux rien savoir.... rien apprendre.... Portez ailleurs votre confiance.... ne dites rien de plus!

LE DUC DE GUISE, frappé d'étonnement.

Mon amie! ma femme! depuis quand séparez-vous vos intérêts des miens?

LA DUCHESSE DE GUISE, toujours plus troublée.

Ma vie, mon âme, vous appartiennent, n'en doutez pas.... Ce que j'éprouve est au-dessus de mes forces..., Ne dites plus un mot, je vous en supplie.... votre voix me fait mal.

[Il la regarde avec effroi.]

BASSOMPIÈRE.

Elle est prête à s'évanouir!

LE DUC DE MAYENNE.

Elle perd la raison!

LA DUCHESSE DE GUISE, à part, et hors d'elle-même.

Et cet infortuné jeune homme!... Si elle le savait ici! Ma tête s'égare....

[Tous l'entourent.]

LA DUCHESSE DE MONTPENSIER.

Reprenez vos esprits : votre époux sera
maître du royaume; vous partagerez sa gloire.

LA DUCHESSE DE GUISE.

Parlez, parlez, madame; à vous permis.....
Mais, croyez-moi, le duc de Guise n'amènera
point l'Espagnol dans notre France.... Je sais
ce qu'il pense de vos intrigues.... elles n'au-
ront que des suites funestes, je vous le prédis.

LE DUC DE GUISE, sévèrement.

Je ne vous ai pas donné le droit d'offenser
ainsi ma sœur.

LA DUCHESSE DE GUISE.

Rappelez-vous le passé! Nous l'avons dit
cent fois.... lorsque le Roi se livrera à votre
générosité, vous le servirez de tous vos
moyens.

LE DUC DE GUISE.

Jamais! C'est un homme qui rêve encore la

puissance, et ne règne plus. Sa couronne est
tombée à son sacre; sa faible main l'a reprise,
mais ne la soutiendra pas. Le malheur l'a
marqué de son sceau!

LA DUCHESSE DE GUISE, défaillante.

Silence.... silence.... je me sens mourir....
silence!

[Le duc de Guise la conduit à un fauteuil. En s'éloi-
gnant, elle laisse voir à terre le gant de Saint-Mégrin; le duc de Mayenne court s'en saisir, le considère
et frémit.]

LE DUC DE MAYENNE, à la duchesse de Guise.

A qui est ce gant si bien brodé?

LE DUC DE GUISE regarde le gant, et s'éloigne de la
duchesse.

C'est à moi!

LA DUCHESSE DE MONTPENSIER.

A vous? avec toutes ces franges d'or?

LE DUC DE GUISE.

Il est à moi, vous dis-je.... Bientôt je vous
donnerai l'autre.

[Il s'avance vers le duc de Mayenne, lui tend la main
pour reprendre le gant, que son frère lui remet ; il
le froisse avec une fureur concentrée, puis se rapproche lentement de sa femme.]

LA DUCHESSE DE GUISE, bas au duc.

Au nom du ciel, tirez-nous d'ici. Je tremble
pour vous.

LE DUC DE GUISE.

Mon frère, menez la duchesse dans son ap-
partement.

LE DUC DE MAYENNE, avec hauteur.

D'autres affaires m'appellent..... Bassompière, conduisez madame.

[Bassompière s'empresse de la soutenir.]

LA DUCHESSE DE GUISE, à son mari, et du ton de
la prière.

Ne m'abandonnez pas.

[Le duc, sombre, pensif, s'avance en silence. Elle se
retourne souvent pour voir s'il la suit.]

SCÈNE XIV.

LA DUCHESSE DE MONTPENSIER, LE DUC DE MAYENNE.

LA DUCHESSE DE MONTPENSIER.

Mon frère! je suis sûre que ce gant est à Saint-Mégrin; elle l'a revu.... le reverra! lui dira tous nos secrets!

LE DUC DE MAYENNE, furieux.

Il ne les répétera pas!

[Il sort; elle le suit.]

FIN DU SECOND ACTE.

ACTE TROISIÈME.

SCÈNE PREMIÈRE.

Mᵐᵉ DE SAINTE-ÈVES, SAINT-MÉGRIN
dans le cabinet.

Mᵐᵉ DE SAINTE-ÈVES, très agitée.

Comment sauver Saint-Mégrin! La duchesse
a oublié de me donner la clef de ce cabinet;
depuis une heure je tourne autour d'elle pour
la lui demander, mais je n'ai pu l'approcher....
[Elle regarde le cabinet avec anxiété.] Et ce malheureux!.... que d'angoisses!.... Seul!.... livré à
des craintes trop fondées, et pour elle, et pour

lui-même. [Elle s'avance vers le cabinet, frappe doucement à la porte.] C'est moi! je veille sur vous!

SAINT-MÉGRIN.

Je pense à elle!... je suis chez elle!... ne me plaignez pas.

Mme DE SAINTE-ÈVES, écoutant près de la porte.

Le duc, sa sœur, ne la quittent point, tant ils sont inquiets de l'état où ils l'ont vue.....

SAINT-MÉGRIN.

Elle a donc bien souffert! Voilà mon tourment; et il est affreux!

Mme DE SAINTE-ÈVES.

Je vais l'attendre ici; sûrement elle y viendra dès qu'ils lui laisseront un moment de liberté; jusque-là, prenez bien garde de ne pas faire le moindre bruit.

SAINT-MÉGRIN.

Je ne suis occupé que d'elle!

Mme DE SAINTE-ÈVES s'éloigne du cabinet.

Pauvre duchesse! Elle est sûrement bien en peine!... Quelle situation!... Un mari que l'ambition dévore, que les plaisirs égarent, et qu'une profonde estime finit toujours par lui ramener.... et un jeune homme sensible, respectueux, qui s'expose pour elle, sans oser rien avouer, rien prétendre!

SCÈNE II.

LE DUC DE GUISE, Mme DE SAINTE-ÈVES.

LE DUC DE GUISE.

Je suis bien aise de vous trouver seule, madame! A qui est ce gant? ne cherchez point à me tromper.

Mme DE SAINTE-ÈVES.

Je l'ignore.

LE DUC la regarde avec attention.

C'est possible.... Mais songez à ce que vous allez me répondre.... M. de Saint-Mégrin est-il venu ici? [Mme de Sainte-Èves hésite, le regarde, comme si elle demandait grâce. Le duc, d'un ton encore plus sévère.] M. de Saint-Mégrin est-il venu ici?

Mme DE SAINTE-ÈVES, tremblante.

Oui, monseigneur. Il a fait dire à madame
la duchesse qu'il avait les choses les plus importantes pour vous à lui communiquer. Alors
madame, qui avait d'abord refusé de le recevoir, s'y est déterminée.

LE DUC.

Il suffit ; retirez-vous, madame, et n'oubliez
pas que je ne veux point que vous revoyiez
la duchesse sans que je le permette.

SCÈNE III.

LE DUC DE GUISE, seul.

Le voilà donc découvert, ce motif d'un trouble que personne ne s'expliquait ! Quel mal ils me faisaient en me parlant de sa raison prête à s'égarer !.... Dans ce moment, je n'étais frappé que de cette crainte horrible..... Peut-être, comme on vient de me le dire, ce jeune homme s'est-il servi de mon nom pour se faire admettre chez elle.... Il l'aura épouvantée par quelque danger imaginaire, et son esprit s'est perdu..... Qu'elle se fie à moi..... Mais je veux la vérité tout entière, sans réserve, sans détours; car si, de son propre mouvement, elle n'avoue pas qu'elle l'a reçu, je me sépare d'elle à jamais..... Pour ce petit monsieur, partout où je le rencontrerai, fût-ce même dans la chambre du Roi, il apprendra ce que vaut d'abuser de mon nom !

SCÈNE IV.

LE DUC DE GUISE,
LA DUCHESSE.

LE DUC DE GUISE.

J'allais retourner près de vous, madame ;
comment êtes-vous à présent ?

LA DUCHESSE DE GUISE, pâle, craintive, se soutenant
à peine.

Mieux. [A part.] Où est donc Sainte-Èves ?

LE DUC.

Désirez-vous quelqu'un ?

LA DUCHESSE.

Non.

LE DUC.

Alors, nous pouvons causer. [A part.] Il

faut me contraindre pour ne pas l'effrayer
encore. [Pendant cette scène, les paroles du duc doivent être modérées, et tous ses mouvemens ceux d'un
homme irrité et jaloux ; il lui avance un fauteuil et s'assied
près d'elle.] Expliquez-moi la cause de votre
émotion.

LA DUCHESSE.

Ma santé est affaiblie depuis long-temps.

LE DUC.

Je ne vous avais pas entendue vous en
plaindre.

LA DUCHESSE.

Je parle peu de moi.

LE DUC.

C'est un de vos mérites ; mais vous en avez
beaucoup d'autres auxquels je me plais à rendre justice. D'abord, vous êtes vraie, et c'est
la qualité que j'apprécie le plus. Jugez le malheur d'un homme qui, chez lui, dans sa maison, dans ses peines, n'oserait pas croire un
mot de ce que sa femme lui dirait !

LA DUCHESSE.

Ce serait peut-être sa faute..... S'il lui avait
inspiré trop de crainte.

LE DUC.

Il aurait eu tort..... Pourriez-vous me dire
à qui est ce gant? car je veux le rendre.

LA DUCHESSE se lève avec effroi; à part.

S'il veut le remettre lui-même, un duel!....

LE DUC se rapproche vivement.

Pourquoi ne répondez-vous pas?

LA DUCHESSE, tremblante.

Laissez-moi le soin de le renvoyer à la personne, et je vous promets de ne jamais la revoir.

LE DUC, avec sévérité.

C'est ce que vous auriez toujours dû faire...
Mais je veux tenir son nom de votre confiance.

LA DUCHESSE, d'un ton suppliant.

Vous le savez !....

LE DUC.

Je crois l'avoir deviné..... Cependant, je
veux l'apprendre de vous.

LA DUCHESSE hésite, le regarde avec inquiétude.

C'est à M. de Saint-Mégrin.

LE DUC.

Votre sincérité me satisfait. [Il redevient sévère.] Mais, à l'avenir, ne me dissimulez plus,
même une pensée !.... Je vous en préviens,
une seconde démarche équivoque me ren-
drait inflexible !..... [A part.] Je puis donc
retrouver encore la paix, la sécurité, dans
ma maison.

LA DUCHESSE, à part.

Si j'osais lui dire que Saint-Mégrin est ici !...
Oh non ! en présence, ils s'offenseraient.

LE DUC revient à elle.

Quel motif vous a fait recevoir ce jeune homme ?

LA DUCHESSE.

Chaque jour, vos amis et vos ennemis parlent des dangers qui vous menacent : je voulais vous sauver en vous rapprochant du Roi; M. de Saint-Mégrin le désirait aussi : voilà son crime et le mien.

LE DUC.

C'est beaucoup aimer ce Roi, que de chercher à nous réunir !

LA DUCHESSE.

Je sais que le malheur ne peut vous atteindre que par lui.... Et puis, que vous dire ?.... Je ne l'aimais pas; mais votre sœur le haïssait.

LE DUC, souriant à demi.

Femmes ! femmes !

SCÈNE V.

Les Précédens ; M⁰ᵉ DE SAINTE-ÈVES.

Mme DE SAINTE-ÈVES, à part, avec effroi.

Je le croyais parti.

LE DUC DE GUISE se montre très mécontent.

Je vous avais priée de ne point paraître chez
la duchesse, que je ne vous fisse appeler.

Mme DE SAINTE-ÈVES.

On m'a dit que madame était souffrante.

LA DUCHESSE, s'empressant de l'excuser.

Élevées ensemble, quand vous êtes tous si
agités, peut-elle être tranquille ?

LE DUC, à part, et furieux.

Enfreindre mes ordres !..... quel intérêt
assez grand !..... Nul n'oserait accuser ma
femme devant moi ; mais d'elle à moi, rien
ne pourra la défendre si le moindre soup-
çon !.... Il doit y avoir là un mystère qui me
fait frémir !..... J'interrogerai Sainte - Èves.
[Pendant cet aparté, la duchesse et M⁻ᵉ de Sainte-Èves se
font des signes qui expriment leurs craintes ; le duc se retourne, les aperçoit, et dit avec colère :] Qu'avez-vous
donc qui vous trouble ?

LA DUCHESSE, très agitée

Je suis calme.

LE DUC.

Comment, calme ! Je viens de surprendre
entre vous des signes qui décèlent une vive
inquiétude !

LA DUCHESSE, désolée.

N'aurai-je donc plus de repos ?... Je ne sur-
vivrai point à de pareils tourmens.

LE DUC, avec une fureur concentrée.

Rassurez-vous! Je ne m'abaisserai point à solliciter votre confiance!.... Je me retire..... [Il s'adresse à Mme de Sainte-Èves.] Quant à vous, madame, passez chez moi le plus tôt possible.

SCÈNE VI.

LA DUCHESSE DE GUISE,
Mme DE SAINTE-ÈVES.

Mme DE SAINTE-ÈVES.

Mais pourquoi ne pas avouer à monseigneur toute la vérité? Au moins, dites-lui que vous n'avez aucun tort!... qu'il vous doit des excuses....

LA DUCHESSE attendrie.

Ah! j'aime autant qu'il me pardonne!.... Faites sortir Saint-Mégrin, gardez-le dans votre chambre jusqu'à ce qu'il puisse s'échapper en sûreté.

Mme DE SAINTE-ÈVES.

Où est le duc de Mayenne?

LA DUCHESSE.

Je l'ignore.... Vous m'y faites penser....

Mme DE SAINTE-ÈVES.

Il est si méchant !

LA DUCHESSE.

Trembler sans cesse!.... quel supplice!....
Tenez, prenez la clef de ce cabinet.

SCÈNE VII.

Les Précédens, LE DUC DE GUISE.

LE DUC DE GUISE entre vivement, et dit à Mme de
Sainte-Èves.

Vous vous faites trop attendre! [Quand il pa-
raît, la duchesse tendait la clef; en le voyant, elle la retire.
Le duc, d'un air très sévère.] Quelle est cette clef
que vous me cachez?

LA DUCHESSE tombe à genoux.

Oh! ne soyez pas sans pitié!

LE DUC.

Il n'y a qu'un moment, je vous croyais! A
présent, plus.

[Il fait signe à Mme de Sainte-Èves de sortir.]

LA DUCHESSE, toujours à genoux.

Au nom de mon fils, écoutez-moi! J'ai commis une grande imprudence, mais je suis innocente.

LE DUC, avec mépris.

Si vous étiez coupable, que me diriez-vous?

LA DUCHESSE se relève avec dignité.

Pas un mot! Vous ne m'auriez jamais revue. [Toujours avec la fierté d'une femme injustement soupçonnée, elle montre le cabinet.] Votre victime est là!

LE DUC, furieux.

Un homme enfermé dans votre cabinet!

LA DUCHESSE.

Oui.

LE DUC, hors de lui.

Saint-Mégrin!

LA DUCHESSE.

Oui.

LE DUC.

La mort me serait moins affreuse !

LA DUCHESSE.

Je vous le répète, votre victime est là ! elle ne peut vous échapper. Retardez votre vengeance d'une seconde; daignez m'entendre.

LE DUC.

Vous avez perdu mon estime, ma confiance, mon affection; sachez-le bien : après cela, parlez, si vous le voulez.

[Il montre la plus grande agitation.]

LA DUCHESSE, en pleurs.

Que je suis malheureuse ! [Pendant toute la scène, il paraît furieux; elle continue, cherchant à retrouver de la force.] Pour la première fois, vous m'aviez fait entendre une voix menaçante; la crainte avait saisi mon cœur. Vous m'aviez défendu de le voir, il est venu sans que je l'attendisse. C'est en votre nom qu'il implorait un moment d'entretien! Tant d'insistance me glaça d'effroi, car je connais vos ennemis!.... Dès que j'eus tremblé pour vous, je ne songeai plus à moi; j'oubliai votre défense, j'oubliai que je risquais le bonheur de toute ma vie, et je l'ai reçu.... [A ce mot, le duc regarde le cabinet avec des yeux menaçans.] Au même instant, j'appris que vous arriviez avec votre sœur, votre frère; ma tête se perdit : redoutant vos reproches, leur présence, votre colère, je n'ai plus vu que la mort pour tous.

LE DUC.

Oui! la mort pour tous! Votre époux, votre amant, vont s'arracher la vie.... Venez, ce spectacle sera digne de vous.

[Il lui prend la clef.]

LA DUCHESSE , à genoux, en prière.

Mon Dieu! ma voix n'a pu le fléchir, mais elle montera jusqu'à vous, car vous voyez le fond des cœurs. Mon Dieu! calmez leur courroux!

LE DUC, surpris.

Elle ose prier! mais l'audacieux! [Il s'avance vers le cabinet, puis s'arrête avec effort.] Tâchons de me souvenir que je suis chez moi. [Il ouvre la porte du cabinet.] Sortez, monsieur.....

[Saint-Mégrin paraît.]

8

SCÈNE VIII.

LES Précédens; SAINT-MÉGRIN.

LE DUC DE GUISE.

Sortez; mon toit vous protége et vous couvre.... Je vais vous attendre derrière les remparts. J'y serai avec un seul ami; amenez les vôtres.

LA DUCHESSE DE GUISE, épouvantée, se précipite entre eux, et dit à Saint-Mégrin :

Mon époux est maître de votre vie en ce moment; il la respecte! Tout à l'heure, près du Roi, la sienne sera entre vos mains, jurez de ne rien répéter des secrets....

LE DUC, furieux.

Femme insensée! qu'osez-vous demander!

Une grâce! pour moi! [Il la repousse, et dit à Saint-Mégrin.] Je ne vous crains pas, monsieur, je ne crains que ma colère; mais ici je saurai la maîtriser. Parlez au Roi suivant votre plaisir..... Un danger nouveau me plait.... Je vous rends votre liberté.

SAINT—MÉGRIN.

Me croyez-vous capable de porter la douleur dans l'âme céleste de la duchesse de Guise?... Ma vénération pour elle était un culte religieux, pur comme elle-même.

LE DUC, avec mépris.

Étrange respect, qui ne vous a pas empêché de la compromettre indignement! Laissons cette dérision.... Chez moi, la plus juste vengeance me paraîtrait un lâche assassinat; mais aux remparts! J'y cours.

SAINT—MÉGRIN. [Chaque fois qu'il veut éviter le combat, il doit regarder la duchesse; et qu'on sente bien que c'est à cause d'elle.]

Je sais trop qu'à un signe, à un regard de

vous, cette foule qui vous environne m'aurait
livré à une mort certaine. Si j'existe encore,
je vous le dois et ne l'oublierai point.

LE DUC.

Je n'ai recours qu'à moi pour venger mes
injures.

SAINT-MÉGRIN.

Vous l'avez prouvé. Aussi, en me rendant
à votre appel, ce sera pour vous remettre
mon épée ; votre générosité m'a vaincu.

[La duchesse lève les yeux au ciel avec gratitude. Les
portes du fond du théâtre s'ouvrent, le duc de
Mayenne entre et voit Saint-Mégrin ; il paraît furieux, et sort sans que les autres personnages l'aient
aperçu.]

LE DUC, avec la plus insultante ironie.

Je saurai bien vous forcer à vous défendre,
ou j'aurai le droit de croire qu'une prudence
craintive.....

SAINT-MÉGRIN.

Craintive ! J'accepte le combat, et le veux
à outrance !

LE DUC, d'un air déjà victorieux.

Telle est bien mon intention !

LA DUCHESSE, se jetant entre eux.

Non ! je ne vous laisserai point vous livrer
à votre fureur. [Elle s'adresse au duc] De vous,
elle serait un crime, car vous seriez injuste ;
et tôt ou tard la vengeance divine poursuit
l'injuste.

LE DUC, à part

Elle veut le sauver !

SAINT-MÉGRIN, à part.

Elle ne tremble que pour lui !

LA DUCHESSE s'avance sur le bord du théâtre, les mains
élevées vers le ciel.

Mon Dieu ! prenez ma vie, et ne les punis-
sez pas !

[Le duc et Saint-Mégrin la regardent en même temps,
se rapprochent ; et tous deux baissent la voix.]

SAINT-MÉGRIN.

Aux remparts !

LE DUC.

Vous m'y trouverez.

SAINT-MÉGRIN élève la voix.

Avant de m'éloigner, j'ai le droit de me faire entendre..... Jeune, confiant, on l'est à mon âge, je venais tout joyeux annoncer à la duchesse que le Roi s'abandonnait à vous.

LE DUC.

Je ne crois point à sa foi, et préfère sa haine.

[La duchesse, la tête cachée dans son mouchoir, ne laisse plus entendre que ses sanglots. Saint-Mégrin paraît pénétré de sa douleur.]

SAINT-MÉGRIN.

Dans ce combat mortel, vous me survivrez, je l'espère [il regarde la duchesse en soupirant]; mais, près de la mort, j'oserai vous demander d'écouter ma dernière prière.... Pour l'intérêt du Roi, pour le vôtre, ne vous rendez pas trop redoutable.... Sans cesse, la Reine-Mère,

les ministres, excitent ses craintes jalouses;
déjà, ils lui ont parlé de crimes nécessaires.

LE DUC, avec le plus froid dédain.

Il n'oserait!

SAINT-MÉGRIN, regardant la duchesse de Guise avec
compassion, s'avance sur le bord du théâtre.

Destin fatal! tu es notre maître à tous!

LE DUC.

Je serai exact au rendez-vous. Mais je ne
veux pas que vous sortiez d'ici furtivement.
Je vais ordonner à un de mes officiers de
vous conduire jusqu'à la porte de ma maison. Ma présence prouvera que vous étiez ici
de mon aveu, et arrêtera d'insolens propos.

[Il va au fond du salon, et n'en sort point. Il a l'air
d'appeler un officier, lui parle bas; pendant ce temps,
Saint-Mégrin s'approche de la duchesse.]

SAINT-MÉGRIN.

Adieu, madame! et adieu pour toujours!
Ce mot me déchire le cœur..... Au moins,

dans ce moment affreux, accordez-moi un
seul regard de pitié..... une promesse de souvenir !....

[La duchesse, accablée de douleur, lève les mains et
les yeux au ciel sans avoir la force de répondre.]

Le duc revient jusqu'à la moitié du théâtre ; il fait signe
à Saint-Mégrin de venir, et il a l'air de le confier à
l'officier auquel il a parlé. Saint-Mégrin sort en saluant
le duc avec respect ; le duc lui rend son salut avec une
froide politesse.

SCÈNE IX.

LE DUC, LA DUCHESSE DE GUISE, peu après LA DUCHESSE DE MONTPEN-SIER.

LE DUC DE GUISE.

Madame! tous nos liens sont rompus; vous deviez vous y attendre.

LA DUCHESSE DE GUISE.

Moi! me séparer de vous! Non, non, je ne suis pas coupable.

LE DUC l'interrompt, comme si ses protestations lui faisaient mal.

Je vais me fier à ma fortune! Cependant, elle peut aussi m'être infidèle.

LA DUCHESSE DE GUISE, avec un cri de douleur.

Aussi!

LE DUC.

Peut-être succomberai-je.... Alors, soyez du moins une mère attentive pour mon fils. Les cris, les pleurs de cet enfant demandant son père, me vengeront de vous.

LA DUCHESSE DE GUISE.

Il m'accuse! moi! qui voudrais mourir pour lui!

LE DUC.

Rendez grâce à mon fils, si je n'expose point aux regards du public le scandale de savoir la duchesse de Guise enfermant un jeune homme chez elle!.....

LA DUCHESSE DE GUISE, désespérée.

Douleur affreuse! insupportable! Où trouver l'accent qui le persuade! La vérité n'a-t-elle donc pas une voix, une âme qui la fasse reconnaître?

LE DUC la prend par le bras, l'entraîne vers le cabinet, le lui montre.

Il était là ! caché !

Mᵐᵉ DE SAINTE-ÈVES, annonçant.

Madame la duchesse de Montpensier.

[Elle sort, regardant avec inquiétude la duchesse de Guise.]

LE DUC, à part.

Que cette visite m'importune ! Car, certes, je ne veux pas faire languir Saint-Mégrin, ni qu'il se vante de m'avoir attendu.

LA DUCHESSE DE MONTPENSIER.

Me voilà enchantée !... Je viens de recevoir une lettre d'exil !... Henri de Valois se croit encore le pouvoir d'intimer un ordre !

LE DUC, avec humeur.

Quel grand plaisir cela peut-il vous faire ?

LA DUCHESSE DE MONTPENSIER.

Nos amis verront en moi une femme persécutée, leur amour s'en augmentera, et leur confiance sera sans bornes.

LE DUC, brusque et impatient.

S'il vous faut chaque jour un malheur nouveau pour les convaincre de votre fidélité à leur cause, je vous plains.

LA DUCHESSE DE MONTPENSIER, avec aigreur.

Il est fort naturel que ceux qui ne voient que les résultats, jugent sur les apparences.

LE DUC.

Soit..... On m'attend pour une affaire qui ne peut se remettre; je vous laisse avec madame.

LA DUCHESSE DE GUISE, hors d'elle-même, se jette sur son passage.

Je ne vous quitte plus!... Au nom de mon fils, écoutez-moi encore!... Au nom de mon fils!!!

LE DUC cherche à l'éloigner.

Madame, laissez-moi.

SCÈNE X.

Les Précédens; BASSOMPIÈRE.

BASSOMPIÈRE, au duc.

Où allez-vous ?.... Ne sortez pas !....

LE DUC.

Bassompière ! Quel trouble ! Quelque fâ-
cheuse nouvelle ?

BASSOMPIÈRE.

Horrible ! Saint - Mégrin vient d'être tué
près de chez vous.

LA DUCHESSE DE GUISE s'écrie :

Lui ! mort !

BASSOMPIÈRE.

Assassiné !

Saint-Mégrin ! Se peut-il ?....

LA DUCHESSE DE GUISE, à part.

C'est moi qui l'ai attiré dans l'abîme !....
Remords éternel !

BASSOMPIÈRE.

Je suis arrivé à l'instant même où il venait
de tomber sous les coups de quatre hommes
masqués.... A ma vue, sa faible voix m'appelle : « Ce n'est pas le duc de Guise, me
« dit-il ; ce n'est pas lui, il est trop géné-
« reux.... Je connais l'assassin. » Étonné, at-
tendri, je prends sa main, la presse. « Et toi
« aussi, duc de Guise, s'écrie-t-il, tu périras
« victime d'une lâche trahison..... oui.....
« bientôt..... » Alors, sa tête s'embarrasse ;
dans son délire, il n'articule plus qu'un seul
nom : « Mayenne !.... Mayenne !.... » et il
expire en l'accusant.

LA DUCHESSE DE GUISE.

Voilà donc tes vengeances ? la mort !

[Elle tombe accablée dans un fauteuil.]

LE DUC.

Mon frère ! Impossible !

BASSOMPIÈRE.

D'autres ont cru le reconnaître.

LE DUC.

Mon frère ! se couvrir d'un masque, et à
l'abri des périls ! Plusieurs contre un ! Atta-
quer ce malheureux sans défense !.... Honte
ineffaçable !

BASSOMPIÈRE.

Comme il souffre !

LA DUCHESSE DE MONTPENSIER, enchantée.

Je suis donc vengée ! Henri de Valois va
connaître la douleur !

LE DUC la regarde avec indignation.

Temps affreux de discordes civiles, où souvent on regrette un ennemi, et où l'on est
forcé quelquefois de rougir pour ceux qu'on
voudrait aimer!

FIN DU TROISIÈME ET DERNIER ACTE.

OUVRAGES SOUS PRESSE.

LA COMTESSE DE SOUZA.
ÊTRE ET PARAÎTRE.
Roman nouveau.
Deux volumes in-8°.

ALI LE RENARD ou LA CONQUÊTE D'ALGER,
PAR EUSÈBE DE SALLE.
Deux volumes in-8°, avec vignettes.

WALTER SCOTT.
HISTOIRE DE LA DÉMONOLOGIE ET DES SORCIERS.
Deux volumes in-12.

DE BALZAC.
CONTES DROSLATICQUES.
Un volume in-8°, papier vélin, orné de gravures, culs-de-lampe, vignettes
et lettres ornées dans l'ancien style typographique.

CONTES PHILOSOPHIQUES,
Publiés à la suite de la seconde édition de *la Peau de chagrin*
Deux volumes in-8°.

HISTOIRE DE LA SUCCESSION DU MARQUIS DE CARABAS DANS LE FIEF
DE COCQUATRIX,
Précédée de trois nouveaux Contes.
Deux volumes in-8°.

AMÉDÉE PICHOT.
BARRAL DES BAUX.
Épisode d'un voyage dans l'ancienne république d'Arles.
Roman nouveau.
Deux vol. in-8°, papier fin, avec vignettes.

LE PERROQUET DE WALTER SCOTT.
Deux volumes in-8°.

REY-DUSSEUIL.
ISIDORE ou L'ÉTAT SOCIAL.
Deux volumes in-8°, avec vignettes.

JULES JANIN.
DEBURAU.
Un vol. in-16, papier vélin, orné de vignettes.

LA VIE LITTÉRAIRE.
Roman.
Deux vol. in-8°, vignettes.

www.ingramcontent.com/pod-product-compliance
Lightning Source LLC
Chambersburg PA
CBHW051550280626
47162CB00021B/1666